I Am Sa

by Carmen Corriols • illustrated by Pam Thayer

I am on the  .

bed

I am on the  .

stool

I am on the  .

stairs

I am on the  .

chair

I am on the  .

bench

I am on the 

bus
.

I am on the  .

field

I am on the  .

base